U0001519

XBLE0005

猴雞狗豬
珍珠童話：十二生肖經典童話繪本

作者｜王家珍　繪者｜王家珠

字畝文化創意有限公司

社長兼總編輯｜馮季眉　責任編輯｜陳心方　主編｜許雅筑、鄭倖伃　編輯｜戴鈺娟、李培如
全書美術設計｜王家珠　排版｜張簡至真

出版｜字畝文化創意有限公司　發行｜遠足文化事業股份有限公司（讀書共和國出版集團）

地址｜231 新北市新店區民權路 108-2 號 9 樓　電話｜(02) 2218-1417　傳真｜(02) 8667-1065

電子信箱｜service@bookrep.com.tw 網址｜www.bookrep.com.tw

法律顧問｜華洋法律事務所　蘇文生律師　印製｜通南彩色印刷有限公司

2023 年 01 月　初版一刷　2024 年 02 月　初版二刷
定價｜400 元　書號｜XBLE0005　ISBN｜978-626-7200-39-1（精裝）
EISBN｜9786267200445 (PDF)　　9786267200452 (EPUB)

特別聲明：有關本書中的言論內容，不代表本公司／出版集團
之立場與意見，文責由作者自行承擔。

國家圖書館出版品預行編目 (CIP) 資料

猴雞狗豬／王家珍作；王家珠繪 . -- 初版 . -- 新北市：
字畝文化創意有限公司出版：遠足文化事業股份有
限公司發行, 2023.01
　　面；　公分
ISBN 978-626-7200-39-1（精裝）
863.596　　　　　　　　　　　　　　　　111019833

猴雞狗豬

文／王家珍　圖／王家珠

目錄

猴子兜兜好害羞

紅森林中有隻猴子，名字叫兜兜。

猴子兜兜好害羞，碰到一丁點小事就臉紅。別的猴子都叫他「兩片紅兜兜」，因為他每次一害羞臉紅，兩邊臉頰就像他的屁股一樣，紅通通。

猴子兜兜還有個怪癖。其他的猴子在任何時間、任何地方，只要想大小號，就可以立刻解決。但是猴子兜兜做不到，他一定要在非常隱密的地方，確定沒有誰在偷看，才敢放心的「方便」。

萬一他在「方便」的時候，被偷看了，他就會非常害羞，兩邊臉頰紅通通。

很多人都以為，紅森林這麼大，隱密的地方成千上萬，一定有很多非常隱密的地方，讓他放心「方便」吧！錯了，猴子兜兜不但很害羞，他對於「隱密的地方」，也有很特別的講究。

剛開始，猴子兜兜認定，唯有三棵老槐樹後方的小山洞，才是最隱密的地方。只要他感覺肚子怪怪的，一定要到這個小山洞，才敢安心的「方便」。

有一天，他正在上大號，聽到山洞頂端傳來奇怪的聲響。等到他「方便」完畢，爬上去看個究竟，才爬到一半，赫然發覺，山洞頂端，擠滿黑壓壓的蝙蝠。蝙蝠睜大眼睛，盯著猴子兜兜瞧。哎呀！剛剛他「方便」的時候，都被蝙蝠看光光！猴子兜兜嚇得尖叫逃走。

接下來，猴子兜兜發現一個樹洞，入口很小，也沒有別的出口，樹洞的頂上也沒有蝙蝠棲息，是絕對隱密的地方。於是他就天天到這個樹洞「方便」。

這樣幸福的日子過了三個月又七天。

有個萬里無雲的日子，太陽光很強，照得動物們眼睛也花了，頭腦也昏了。一隻正要回家的兔子，跑錯樹洞，衝進猴子兜兜正在「方便」的樹洞。兔子把猴子兜兜撞了個四腳朝天，而兔子自己也跌了個「兔吃屎」。這個意外事件，把猴子兜兜嚇得魂飛魄散，再也不敢到任何一個樹洞「方便」。

有一天，猴子兜兜爬上紅森林最高的樹上摘果子吃，意外發現，茂盛而多刺的玫瑰叢中央，才是最隱密的地方。

放眼看紅森林，剛好有兩個地方有茂盛多刺，中央又剛好有一塊小小的空間，可以讓猴子兜兜蹲進去的玫瑰叢。

其中一叢在「母老虎阿珍窩」後方，另一叢在「獅子老禿洞」前面。

猴子兜兜知道，這兩個地方非常危險，活的猴子膽敢過去，就會進了老虎或獅子的胃袋，變成死猴子。

他不敢靠近這兩個地方，只能每天在不安全的環境中（例如沒人肯去的荊棘地、腐臭的落葉堆，或是危險的懸崖邊緣），痛苦的完成「方便」任務。

日子一天天過去，猴子兜兜的痛苦，也一天天加深。

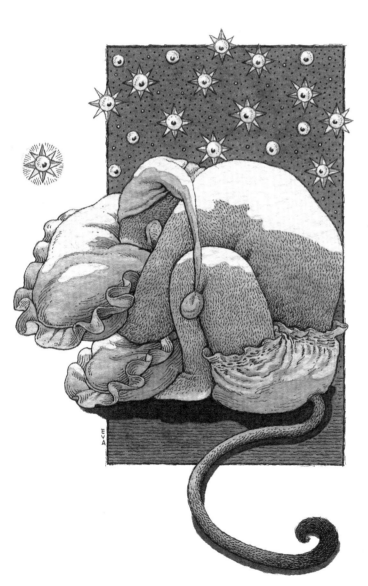

每天晚上，猴子兜兜都作惡夢。在夢中找到隱密的地方，他正想「方便」，卻發現有千百隻眼睛盯著他瞧。他在一個晚上的惡夢中，換了十多個地方都「方便」不成。更慘的是，每當他從夢中嚇醒，都驚訝的發現，他真的便出來了。

猴子兜兜終於覺悟了，非得想辦法到玫瑰叢中央不可。

　　第二天早上，猴子兜兜往上拋擲一片肉桂葉，葉子若是正面落地，就去母老虎阿珍窩後方冒險；若是葉子反面落地，就去獅子老禿洞前面犯難。

　　葉片飄呀飄，落地時剛好是反面，猴子兜兜決定接受命運的安排，先去獅子老禿洞碰碰運氣。

　　為了躲過獅子老禿的魔掌，猴子兜兜編織一條長長的樹藤，掛在獅子老禿洞附近的樹幹上。

　　他計畫攀著樹藤，在空中左右擺動，擺動到最恰當的角度，就立刻鬆手，往下降落到玫瑰花叢中央。

猴子兜兜沒料到，計畫是一回事，實行又是另一回事。他在空中左搖右擺、右搖左擺，盪了老半天，根本沒膽子往下跳。

獅子老禿剛睡醒，看見一隻猴子攀住樹藤，在他的地盤盪鞦韆。他三步併作兩步，撲上前去，張口就咬。猴子兜兜尾巴一捲、屁股往上縮，躲過獅子老禿尖銳的利牙。

獅子老禿改變策略，咬住樹藤，使勁拉扯，只要拉斷樹藤，猴子掉下來，就一口吞了他。

猴子兜兜從獅子老禿眼中，看見自己的命運。他可不想在獅子的胃袋安眠，奮力往上爬，爬到樹藤頂端，溜上大樹，逃得不見猴影。

幾天之後，猴子兜兜轉移目標，到母老虎阿珍窩後方試試身手。他事先錄好可愛綿羊的叫聲，拿到距離母老虎阿珍窩五百公尺遠的地方播放，妄想「調虎離窩」。

　　當微風把綿羊的叫聲傳進母老虎阿珍耳朵，果然讓她發了瘋似的，飛奔過去尋覓那群可口的綿羊。

　　母老虎阿珍前腳剛走，猴子兜兜立刻穿上彈簧鞋，彈呀跳的，跳進玫瑰花叢中。猴子兜兜脫下彈簧鞋，安安穩穩蹲在玫瑰花叢中間，身邊圍繞著茂密的玫瑰葉和銳利的尖刺。他覺得好安心又好安全，可以放心上個小號，再上個大號。

　　就在這個時候，含苞的玫瑰花在陽光照射下熱烈綻放。

　　美麗的玫瑰花瓣緩緩張開，露出藏在花心的那顆大眼睛。

猴子兜兜嚇得尖叫起來！

他的身旁至少有三十多朵玫瑰花，玫瑰花心的三十多隻大眼睛，眨也不眨的盯著他猛瞧。他以為自己作了惡夢，不但咬自己的手指頭，還用力捏自己的臉頰，哇！好痛！這不是惡夢，那些玫瑰花心大眼睛是真的！。

猴子兜兜覺悟了：最安全的地方，就是最危險的地方，最危險的地方，還是最危險的地方。

猴子兜兜穿上彈簧鞋，彈呀跳的，彈出玫瑰花叢，跌在地上，喘著大氣，四肢無力，無法動彈。

過了好一會兒，猴子兜兜覺得自己的喘氣聲有些異常，脖子後方麻麻癢癢的。他坐起來，轉頭往後看去，看見一張大大的臉孔，臉上還有一些黑色的條紋。

猴子兜兜自言自語的說：「這個，好像是母老虎阿珍的大花臉，我該不會又作惡夢了吧？」

　　母老虎阿珍咧開大嘴，露出滿嘴尖牙，說：「好小子，原來是你用綿羊的錄音把本大王騙開，跑來我的地盤睡大覺，你是不是發瘋了？你是不是不要命啦？」

　　母老虎阿珍伸出巨掌，使勁一揮，猴子兜兜就回老家報到了。

母老虎阿珍不想吃猴子兜兜。

幾年前，母老虎阿珍也抓到一隻猴子，那隻猴子膽子也很大，跑來她的地盤睡覺。母老虎阿珍一氣之下，吃了猴子。沒想到那隻猴子不對勁，她吃了之後，肚子痛得要命，連拉了十幾天肚子。

母老虎阿珍叫獅子老禿來，把猴子兜兜帶回去當晚餐。

聽說，三天之後，獅子老禿因為某種不可告人的病（比如說半夜尿床之類），找貓頭鷹醫生看病。不知道是事實還是謠言，如果你想知道，不妨自己去問一問獅子老禿，也許他在送你回老家之前，會告訴你答案呢。

母雞報曉

紅森林的西北角，長了許多高粱和小米的那片草原上，住著一群雞。

這群雞的頭比別處的雞大一點，屬於大頭雞的一種。

這群雞的頭腦容量比普通雞多那麼一點兒，點子特多，花招百出。

這群雞很懂得分工合作的道理，每隻雞各有專長。

年老的雞負責吃、睡和聊天休息。

年輕的公雞負責報曉和打架。

年輕的母雞負責吃營養的東西和生蛋。

小雞負責吃、喝、玩耍和長大。

只有一隻名叫「神農」的老母雞，不好好吃、不好好睡，也不好好聊天休息，每天在她的小菜園，研究新品種農作物。

老母雞神農認為，母雞要生養小雞，非常勞累辛苦。如果得不到充分的營養，一定會養出不健全的小雞。種植出含有豐富營養的食物，給母雞進補，是她這輩子的重大使命。

經過長時間的實驗，老母雞神農種出新奇的補果，這種補果會讓母雞生下很大的蛋，也會讓母雞保持身體健康。

所有的年輕母雞都興致勃勃嘗了補果，卻立刻吐出來，一邊吐，還一邊在地上跳來跳去。

老母雞神農問：「看你們跳得這樣有勁，我的補果是不是讓你們精力充沛呢？」

補果也許很營養，味道卻像是臭掉的鴕鳥蛋，母雞不好意思說實話，推派伶牙俐齒的母雞小妙，告訴老母雞神農說：「我們紅森林的母雞品種本來就好，生出來的蛋也很大顆，好像沒有必要，為了生更大一點點的蛋，吃這種有奇怪味道的補果吧！

憑神農老母雞您的智慧，一定可以研究出既營養又美味的好吃果子，我講的有沒有道理呢？」

老母雞神農，聽了這一段不知是誇她還是損她的話，跑回她的小菜園，更新她的配方，專心培植營養又美味的果子。

有一天，公雞阿毛走近菜園，看見老母雞神農煞有介事的在菜園裡東摸摸、西弄弄，一張臉嚴肅得不得了。

公雞阿毛看不慣老母雞神農神祕兮兮、了不起的模樣，說：「母雞生蛋有什麼大不了的？需要吃什麼營養補品嗎？還有，你以為你真的是神農，真能種出什麼偉大的食物嗎？算了吧，還是收收心，安安份份當老母雞，吃吃喝喝，聊天睡覺，安享平凡的晚年生活吧！」

老母雞神農不回答，她打定主意，要給公雞阿毛一點顏色瞧瞧，讓他知道老母雞神農，可不是好惹的。

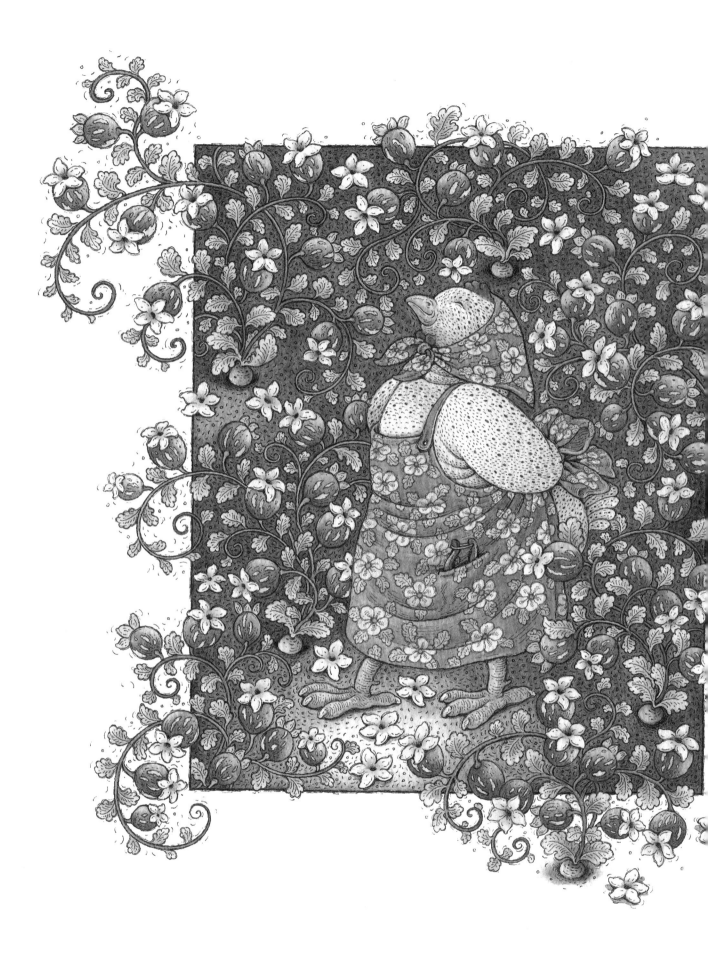

三個月之後，老母雞神農種出營養美味的亞果子。母雞吃了亞果子，臉上都露出幸福的微笑，她們都誇獎亞果子是最棒的果子，入口香甜，入喉潤滑，滋味鮮美。

老母雞神農說：「這個亞果子，不但風味絕佳，營養豐富，還有個特色。亞果子只能給母雞吃，是咱們母雞的專利，公雞一口也吃不得。」

好幾隻愛炫耀的母雞，跑去對公雞示威說：「哈哈！母雞好偉大，母雞萬歲。我們母雞有美味的亞果子吃，你們公雞一口也不能吃喔！」

公雞一不信邪，二不服氣，紛紛跑到小菜園，跟老母雞神農要亞果子吃。

公雞阿奇說：「我們公雞，一年到頭，不管颱風下雨，都負責報曉的大任務，辛苦又偉大，怎麼沒有美味的亞果子吃啊！」

老母雞神農說：「公雞吃了亞果子，會變成啞巴公雞，不會報曉也不能說話。」

公雞阿毛說：「隨便說說啦！母雞吃了都不會怎麼樣，我們公雞當然也能吃，不管你瞎掰什麼理由，我們今天吃定亞果子！」這群貪吃的公雞，搶走好多亞果子，大快朵頤，飽餐一頓。

第二天一大早，太陽公公要出門了，神氣活現的公雞，站上高高的樹枝，張開喉嚨報曉。

沒想到，公雞一點聲音也發不出來，這群貪吃的公雞，吃了亞果子都變成「啞」公雞啦！

公雞嚇壞了，跑去向老母雞神農求救。胸有成竹的老母雞神農，請來所有的母雞，開會解決「公雞成了啞公雞」

的大麻煩。

母雞看見垂頭喪氣、發不出聲音的公雞，都慌張得大呼小叫。

母雞阿美說：「這可怎麼辦？公雞不能報曉的事，要是讓母老虎阿珍和獅子老禿曉得，我們都別想安穩待在紅森林。」

老母雞神農說：「大家別慌。有件事請大家弄清楚，報曉是件重要的事，但不一定要由公雞來做。只要能每天準時報曉，叫醒所有的動物不就可以了嗎？誰會在乎是不是公雞來報曉？」

老母雞神農的話，很有道理，大家都不再吵鬧，安靜傾聽。

老母雞神農說：「從明天開始，報曉的大任務由母雞來執行。每天凌晨，太陽公公出門的時候，所有要生蛋的母雞，請來我的菜園報到。聽我的指揮，咯咯咯咯咯ㄍㄟ！像這樣連續叫三次，然後生下雞蛋。公雞有哪個反對？反對的請說出來好嗎？」

公雞雖然啞了，卻沒耳聾，他們不願意讓母雞來報曉，搶了他們神聖而偉大的工作。

公雞七嘴八舌的表示反對，卻一點聲音也沒發出來。

老母雞神農說：「好，公雞都不反對，我們就決定這麼做。」

母雞小亮有疑問：「公雞不報曉了，難道整天無所事事，打架鬧事嗎？」

母雞嘰哩呱啦討論起來，得到結論，從這天開始，公雞負責種植好吃的亞果子；負責孵蛋和保護雞群安全。

公雞一聽，氣得真想大聲罵髒話。他們拼命抗議，但是發不出丁點小聲音，只好心不甘、情不願的點頭答應。

第三天開始，紅森林的報曉工作，就落在母雞身上了。

一大清早，母雞聚集在菜園，聽從老母雞神農的指揮，齊聲叫咯咯咯咯ㄍㄟ！咯咯咯咯ㄍㄟ！咯咯咯咯ㄍㄟ！連續三次，聲音傳遍紅森林。

接著，每隻母雞都生下一顆完美無瑕的雞蛋。

紅森林的大王，母老虎阿珍，被這怪怪的雞叫聲吵醒。氣沖沖的跑出溫暖的窩，邊跑邊喊：「這是什麼怪森林！昨天早上雞不叫，今天早上雞鬼叫，搞什麼東東啊？」

獅子老禿被母雞的怪怪報曉聲吵醒，又聽到母老虎阿珍生氣的怒吼，愛睡覺的他也怒吼一聲：「討——厭——！」

紅森林的動物，聽到老虎和獅子的怒吼，嚇壞了，推派代表去跟雞群商量，是不是可以改善一下報曉的「音效」，不要惹毛了母老虎阿珍和獅子老禿。

但是公雞啞了就是啞了，母雞的叫聲生來就是這樣，改變不了。再說，母雞要肩負報曉的任務，已經十分辛苦，怎麼好再去苛責她們呢？

聰明的小雞點點有個好點子，她說：「菜園不是種著好吃的亞果子嗎？我們把亞果子送去給紅森林的動物品嘗，賄賂他們的嘴巴，讓他們住嘴呀！」

母雞覺得這個點子好棒，把公雞分成五小隊，讓他們把亞果子分送到紅森林的東區、西區、南區、北區、中區，給大夥兒吃。

這亞果子不愧是超級美食，猴子吃了誇它好，貓咪吃了誇它妙，紅頭番鴨吃了說它呱呱叫。至於母老虎阿珍和獅子老禿是什麼反應？大家都不清楚，因為沒人敢去問他們，只好靜觀其變。

隔天大清早，母雞聚集在菜園，聽從老母雞神農的指揮，盡量發出最美妙的歌聲，咯咯咯咯ㄍㄟ！咯咯咯咯ㄍㄟ！咯咯咯咯ㄍㄟ！

母老虎阿珍被這怪怪的雞鳴聲吵醒，懶洋洋的翻個身，嘀嘀咕咕說：「這是什麼雞叫聲啊？難聽死了，要不是看在他們送來美味亞果子的份上，非得把他們給吃掉不可。」

獅子老禿也被母雞的報曉聲吵醒，但是他沒聽到母老虎阿珍生氣的怒吼，愛睡覺的他也懶洋洋打了個哈欠，嘀嘀咕咕說：「吃人的嘴軟，拿人的手短，昨天吃了人家亞果子，今天總不好翻臉，明天再生氣吧！」

紅森林的動物，既沒聽到母老虎阿珍吼，也沒聽到獅子老禿叫，翻個身又安心睡了。

公雞懷著幸災樂禍的心情，希望所有的動物們吃了亞果子，也像他們一樣，變成啞巴；卻又害怕那些動物若真的變成啞巴，一定會來找他們算帳。

此刻公雞的心情，可說是既期待又怕受傷害。

當太陽公公爬上樹梢頂，動物都起床了，紅森林裡熱鬧滾滾，動物的叫聲充斥在各個角落。失望透頂的公雞，心中還有一點疑問，為什麼別的動物吃了亞果子以後都沒事，只有可憐的公雞吃了會變啞巴呢？

這個答案只有公雞阿毛和老母雞神農知道。他們兩個，一個不敢講出來，一個不願說出來，把這件事當作從未發生過，一輩子不去提它。

從此以後，紅森林就由母雞報曉，公雞負責種植亞果子，並且供應亞果子給紅森林裡所有的動物吃，也算是艱鉅偉大的工作。

如果有一天，你走進一座森林，聽到報曉的雞叫聲怪里怪氣，就得多加留意，你可能進入紅森林，有可能誤食美味又迷人的亞果子。老母雞神農沒有交代，人可不可以吃亞果子，後果你得自行負責。

乖狗阿呆的冒險

母老虎阿珍是紅森林大王，紅森林的動物，都得聽她的話，看她的臉色。

母老虎阿珍的頭號助手是獅子老禿。他指揮密探狗仔隊，探聽紅森林中，各個角落的消息，回報給母老虎阿珍。

獅子老禿的牙齒尖，爪子利，他管教密探狗仔隊的方式，非常嚴格，比他的爪子更尖銳，比他的牙齒更銳利。

獅子老禿發給每隻密探狗仔一本手冊，手冊的名稱是《如何當一條乖狗》，他命令密探狗仔，把這本手冊記載的條目，背得滾瓜爛熟。

其中一隻密探狗仔，叫做乖狗阿呆。乖狗阿呆一拿到手冊，日也讀，夜也讀，作了惡夢醒來，睡不著覺時，他也讀。

一一天晚上，乖狗阿呆又從惡夢中嚇醒。他拿出手冊，讀到第三十六頁，有關懲罰的條目：密探狗仔「不能」咬母老虎阿珍和獅子老禿。密探狗仔一旦咬了母老虎阿珍和獅子老禿，就是不合格的密探狗仔，要送到餓魔王國，當永遠的看門狗。

乖狗阿呆是很好奇的狗兒，他的想像力非常豐富，「要送到餓魔王國」這幾個字，就像是強力酵母，在他腦袋中發酵。他有三個疑問：

第一：餓魔王國在哪兒？在地心深處，還是在滾燙的火山口？還是在古老城堡的鬧鬼地下室？

第二：是什麼動物，負責把不合格的密探狗仔送到餓魔王國？該不會是神祕莫測的獨角獸吧！

第三：如果餓魔王國不好玩，咬餓魔國王一口，是不是就會送回紅森林？

這三個疑問，就像三隻長了牙齒的小蛀蟲，住在乖狗阿呆腦袋，不斷的啃咬。害他飯也吃不下，覺也睡不好，大小便也不定時。

乖狗阿呆再也受不了想像力的折磨，他決定，就算要冒天大的危險，也要到餓魔王國看看，開開眼界，見見世面。

乖狗阿呆再怎麼膽大包天，也不敢咬母老虎阿珍的屁股。他趁獅子老禿睡午覺的時候，躡手躡腳，走近獅子老禿身後，張開嘴巴，瞄準獅子老禿屁股，喀嚓一下！用力咬下去。

熟睡中的獅子老禿，像是被雷打著了似的，蹦的一下子！跳到半空中，在空中轉了幾圈，掉到地上，摔了個四腳朝天。

乖狗阿呆沒看過獅子老禿這麼狼狽的模樣，哈哈哈哈，大笑起來。獅子老禿爬起來，抖抖渾身的毛，回過頭，對著乖狗阿呆，用力大吼！

「吼！ ―― 」

獅子老禿口中，跑出四隻色彩鮮豔的奇怪動物，像牛，卻不是牛；像猴，也不是猴。這四隻怪動物，舉著一個大木桶，朝著乖狗阿呆直奔過來。

獅子老禿對四隻怪動物說：「牛怕猴，把這隻不知天高地厚的壞狗，給我送到餓魔王國去！」

牛怕猴乖乖聽命。把大木桶往乖狗阿呆頭頂罩下，接著，牛怕猴把木桶往天空中一送，木桶就朝著天空，一邊旋轉一邊直飛上去。

乖狗阿呆被轉得暈頭轉向，他探出頭，看著木桶愈飛愈高，迅速穿越雲層；木桶愈飛愈快，對準月亮直衝過去。乖狗阿呆嚇得兩眼一瞪，翻出白眼，暈過去了。

快要撞上月亮的時候，木桶放慢速度，靜止在空中。接著，木桶開始膨脹，慢慢變大、變大、又變大，變成一個大山洞。

過了好久，乖狗阿呆終於醒過來。他擦掉嘴巴旁邊的口水，努力看清楚身邊的環境，他發現自己在巨大黑暗的山洞裡。他的頭腦模模糊糊，搞不清楚怎麼會從木桶跑到這個山洞？

乖狗阿呆看到不遠的前方有一盞黃燈，立刻跑過去看個仔細。

黃燈下有一扇旋轉門，門上張貼兩張告示牌。

告示一：

這是餓魔王國，第零六二四號備用出口。如果有大群蟑螂螞蟻，群起攻擊餓魔王國，請利用這個出口。

告示二：

看門狗：乖狗阿呆。

罪名：咬獅子老禿肥胖多肉的大屁股。

服刑期限：直到鐵鍊生鏽斷裂為止。

乖狗阿呆很疑惑，告示牌說的鐵鍊，在哪兒呢？

他歪著頭，四下張望。金屬摩擦的聲音響起，一條粗重的鐵鍊，朝他頭上落下，鐵鍊的一端是鐵項圈，不偏不倚套住乖狗阿呆脖子，喀嚓一聲，自動上鎖。

乖狗阿呆要永遠住在餓魔王國了嗎？

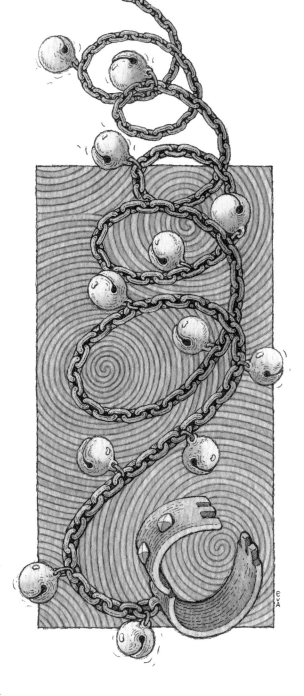

35

時光緩慢爬過三十天，乖狗阿呆的心情沉進悲傷的谷底。他恍惚聽得到，通道傳來餓魔的嬉鬧聲，他好像嗅得到，紅森林的花草香味，而他卻在這個漆黑的山洞，守著八百年也用不著半次的備用出口。

傍晚時分，旋轉門轉了起來，從通道轉出一本手冊，《如何當一條好看門狗》。乖狗阿呆抓起手冊，翻開第三十六頁，看看上面怎麼說──

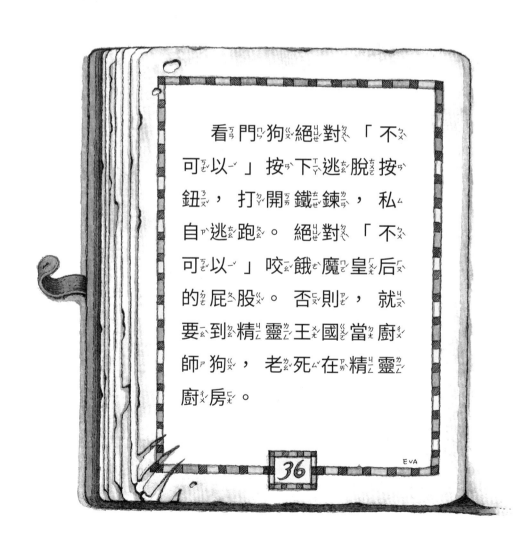

看門狗絕對「不可以」按下逃脫按鈕，打開鐵鍊，私自逃跑。絕對「不可以」咬餓魔皇后的屁股。否則，就要到精靈王國當廚師狗，老死在精靈廚房。

36

乖狗阿呆笑得嘴巴快要裂開。他想：餓魔可能比較笨，怎麼會叫我別去按什麼按鈕？我偏偏要按。到精靈廚房當一隻廚師狗，每天有吃有喝，多麼快活。快樂的死在廚房中，比寂寞的活在這兒，好上一千萬倍。

乖狗阿呆向左瞧瞧，沒有按鈕；向右看看，沒有按鈕；向下搜索，沒有按鈕。他不慌不忙，抬頭一看，果真看見一枚紅色按鈕，按鈕旁邊還有一行字，「逃脫按鈕，不可以按。」

乖狗阿呆不管三七二十一，用力按下按鈕。

「啾啾啾啾！」尖銳的警鈴聲響起！接著傳來一陣雜亂的腳步聲，三隻頭大身體小的餓魔跑過來。他們拿著木棍，把乖狗阿呆打了一頓，還罵他：「叫你不要按逃脫按鈕，你還敢按。你是不聽話的壞狗，該打。」

三隻餓魔打罵完畢，就快速跑開了。

乖狗阿呆大聲痛哭，他好委屈，明明就有逃脫按鈕，為什麼不能用？這是什麼歪理！

乖狗阿呆愈哭愈大聲。「嗶！」尖銳的警笛聲響起，一隻胖餓魔，還有一隻瘦餓魔跑過來，拿著木棍，把乖狗阿呆打了一頓。

乖狗阿呆抗議：「我又做錯什麼啦！」

胖餓魔舉起一塊牌子，說：「牌子上寫得清清楚楚，看門狗不許哭。」

乖狗阿呆回嘴：「我哭得光明正大。你們送來的手冊，白紙黑字規定得好清楚，可是完全沒道理，害我莫名其妙被打一頓。我委屈哭了，又被打一頓。傷心哭泣都不合規定，這是什麼怪地方啊？」

胖餓魔說：「手冊上的規定，你一定要遵守。誰叫你不守規定，活該被我們打。你有空的話，看看手冊的序，重要的事都在序裡寫得一清二楚。」

瘦餓魔說：「我們餓魔王國只相信木棍，不相信什麼手冊。照手冊的規定去做，就是違反規定，該打。」

瘦餓魔舉起木棒，對準乖狗阿呆的胖屁股，咚咚咚，打了好幾棍。

胖餓魔哼了一聲，舉起木棍，朝著瘦餓魔的小屁股，篤篤篤，打了好幾棍，還罵他：「乖狗阿呆按照手冊規則做事，是正確的行為，你打他幹什麼？跟我回去，免得在這裡丟臉。」

兩個餓魔，一個胖，一個瘦；一個生氣著，一個哭泣著，走開了。

留下滿肚子委屈的乖狗阿呆，捂著疼痛的屁股，哭得好傷心。

乖狗阿呆含著兩泡眼淚，打開手冊最前面的序，赫然發現一行字，「這本手冊中所有的文字，都是謊話，你如果相信，而且照做，鐵定會有餓魔，拿著山珍海味，請你享用，信不信由你，你最好相信。」

看見這段文字，乖狗阿呆快要氣瘋了，眼前冒出無數金星。這些金色星星，自動排出六個字：我要絕食抗議！

乖狗阿呆決定，

一天三餐都不吃。拉開旋轉門，使出全身的力氣，把食物往通道深處丟進去。

六天之後，散落在地上的食物，發出刺鼻的腐臭味，吸引大批螞蟻和蟑螂，從乖狗阿呆看管的備用出口，爬進餓魔王國。

餓魔非常討厭蟑螂螞蟻，口中發出嫌惡的叫聲，從各個備用出口逃走。乖狗阿待在第零六二四號出口安心等待。

乖狗狗阿呆拍拍自己兩邊臉頰，振作精神，只要有餓魔衝出旋轉門，他就要咬他們的屁股。他確信，一直咬下去，總會咬到餓魔皇后，到時候，就可以到精靈王國的廚房，好好享福。

可惜，乖狗狗阿呆並不知道，餓魔皇后早就從她專用的第三八四九號出口逃走啦！

只有三隻頭大身體小的餓魔，還有胖餓魔和瘦餓魔，從第零六二四號備用出口逃出來。

乖狗狗阿呆縮在牆角，根本不敢咬他們屁股。

看來，乖狗狗阿呆得待在第零六二四號備用出口外，直到脖子上的鐵鍊生鏽斷裂才能離開。

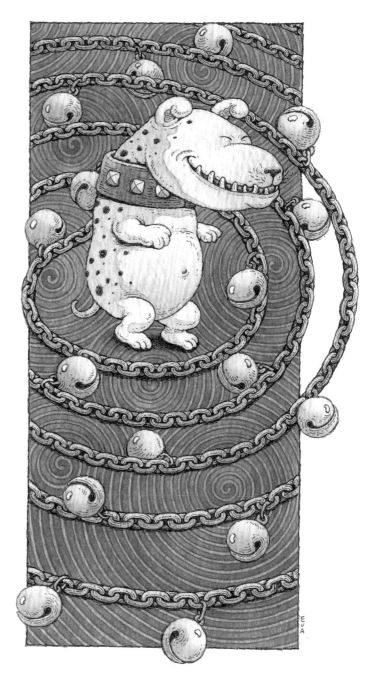

小野豬的玫瑰花

小野豬住在紅森林。

小野豬愛乾淨、他愛香氣、他不愛泥巴澡、他不愛用圓胖可愛的翹鼻子，把泥土拱得天翻地覆。

紅森林的玫瑰花廊，是小野豬最愛去的地方。

玫瑰花廊是長長的小徑，兩旁長滿美麗的玫瑰花。

這裡的每一株玫瑰，都有小野豬的五倍高。

每一朵盛開中的玫瑰花，都有小野豬心臟的三倍大。

噗通！噗通！噗通！這些玫瑰花彷彿會呼吸，彷彿會跳動。

玫瑰花每次呼吸，就散放迷人的花香。

玫瑰花每次跳動，都會感動走進玫瑰花廊的動物。

　　紅森林的動物，非常愛護玫瑰花廊，公認玫瑰花廊是紅森林最璀璨的地標。

　　每天黃昏，小野豬都會獨自散步到玫瑰花廊，繞著玫瑰花，前前後後轉幾圈，才躺下來，聞著花香，跟玫瑰花傾訴心事。

這天黃昏，小野豬才接近玫瑰花廊，就聞到一種刺鼻的、前所未聞的「花味」，而這股氣味，傳達出玫瑰花的恐懼。

小野豬循著花味往前奔跑，要找出那些正在害怕的玫瑰花。

小野豬發現前方有一大叢玫瑰花，被砸得亂七八糟，玫瑰花瓣被揉爛在泥巴裡，莖幹和枝葉被破壞得七零八落，好像一場小型的颶風，剛剛掃過玫瑰花廊。

玫瑰花廊就像缺了一顆門牙，看起來好可憐。

小野豬氣得全身的毛都直立起來，耳朵不停轉動，瞪圓的眼睛比平常大了三倍。

小野豬覺得有一股好煩、好悶的氣，從肚子出發，一直往前衝，衝向他的喉嚨、他的嘴巴。

小野豬忍無可忍，張開嘴巴，大叫著：「可惡的殺花凶手，立刻給我死出來，給我死出來！」

咚！的一聲，一隻野狼，果真「死」出來了。他直挺挺的躺在小野豬的腳邊，身上沾滿剛剛聞到的「花味」。

小野豬知道，這隻「死」野狼，正是殺花凶手。

小野豬不明白的是，這隻野狼，為什麼會因為他的一句話，真的「死」出來？

小野豬好害怕，往後退幾步，說：「你不可以待在這兒，立刻給我消失！」

噗！的一下，野狼消失不見了。

小野豬被自己的超能力嚇呆了，他想哭卻哭不出來；他想叫卻叫不出聲；他想逃卻無法逃走。

小野豬就像一塊石頭，待在原地，直到天黑。

那天晚上，小野豬爬回家，鑽進乾草底下躲著，腦子裡的想法亂七八糟：怎麼辦？我生氣罵什麼，就會實現什麼，叫我以後該怎麼辦呢？難道以後都不可以抱怨人家，不可以罵人家，也不可以說人家的壞話嗎？為什麼這種討厭的事，不發生在穿山甲身上，不發生在斑馬身上，偏偏發生在我身上啊？小野豬愈想愈沮喪，他大喊一聲：「為什麼是我？我再也不要說話。」

第二天開始，小野豬真的就不肯說話。他的朋友來找他去願望懸崖玩，他不去，因為出去玩一定會說話，一說話必定出差錯。

他的老師來家裡，問他為什麼不去學校上課，他逃進草叢中躲著，不肯跟老師說話。

他爸爸叫他一起下棋，他點頭，卻拿一條麻繩，綁住嘴巴。媽媽心疼他水嫩的嘴巴被麻繩刮傷，要幫他解開，他不肯，媽媽只好拿出絲巾給他換。

深愛玫瑰花的小野豬，再也不肯探望他最喜愛的玫瑰花廊。

——小野豬瘋了，綁住自己嘴巴。

——小野豬傻了，再也不肯說話。

——小野豬蠢了，再也不去看花。

紅森林的烏鴉合唱團，嘰呱嘰呱，把這三個大消息傳出去。

消息很快的傳出去，又很快的傳回來，傳進小野豬的耳朵。

小野豬好生氣，他想：這些黑壓壓的烏鴉，聲音那麼難聽，又愛傳謠言，根本不配擁有那對翅膀，在地上爬最適合啦！

小野豬只是在腦袋裡「想想」而已，什麼話也沒說。

三十二隻烏鴉，剎那間全都沒了翅膀，只能在地上走。哦！不是走，他們的兩腳也沒力氣，只能在地上爬呀爬！爬呀爬！

這個消息很快的就爬進小野豬耳朵，把小野豬嚇昏了。

在小野豬昏迷的三十二個小時內，他夢見許多不吉利的事：

——紅森林被小豪豬的一把火給燒了。

——白犀牛群在紅森林中絕跡了。

——三萬隻老鼠佔據了紅森林。

——野狼群徹底摧毀了玫瑰花廊。

小野豬一夢見野狼摧毀玫瑰花廊，瞬間驚醒，掙扎著爬起來，要去拯救飽受摧殘的玫瑰花廊。

他的眼睛才一睜開，就看到好幾張野豬臉，盯著他瞧。

野豬爸爸問他：「你說了好多夢話，你說小豪豬怎麼了？」

小野豬看著爸爸，心想：絕對不能把夢境說出來，否則，紅森林會完蛋。

小野豬想到一個好主意，他說：「我夢見小豪豬，把紅森林中的垃圾清光光，紅森林變得好乾淨。」

野豬媽媽問：「你說白犀牛群怎麼了？」

小野豬說：「白犀牛群好好的，開心又快樂。」

野豬哥哥問：「還有呢？你說三萬隻老鼠怎麼了？」

小野豬說：「我夢見，三萬朵老鼠形狀的雲，飄過紅森林的正上方。」

野豬妹妹問：「玫瑰花廊又怎麼了？」

小野豬微笑著說:「玫瑰花廊的傷口復原了，而且，玫瑰花不再只有紅色，更增添了黃色、橘色、紫色、白色、黑色的玫瑰花。現在，我要去探望玫瑰花廊了。」

小野豬跑出去，看見天空中，真的布滿了老鼠形狀的雲。

好多小豪豬，認真的清理垃圾。

他跑過「悠悠草原」的時候，看見白犀牛排成整齊的正方形隊伍，神氣慢跑。

跑在最前面的，是犀牛姥姥，她笑容可掬的說:「瞧！犀牛卡卡和犀牛莓莓的黑斑都消失了。自從犀牛大媽和犀牛老菊失蹤之後，今天是我們最開心的日子。」

小野豬也笑咪咪，但是他沒講話，卯足了勁，奔向心愛的玫瑰花廊。

小野豬遠遠的就看見玫瑰花廊。

他不敢相信眼前所看見的景象：玫瑰花廊的樣子全變了，變得更美麗，更茂盛。

原先受傷的那叢玫瑰花已經復原，長出更漂亮的玫瑰花。

每一株玫瑰，都有小野豬的六倍高。

每一朵盛開中的玫瑰花，都有小野豬心臟的五倍大。

噗通！噗通！這些玫瑰花真的會呼吸，真的會跳動。

每一次呼吸，就放出芬芳的花香。

每一次跳動，都讓小野豬更加快樂。

小野豬領悟一個大道理，除了說話「害人家」，他也可以讓紅森林變得更好。

小野豬大聲說：「三十二隻烏鴉的翅膀，好端端帶著烏鴉，在天空中飛。野狼，好端端在他的窩裡，打著呼嚕呢！」

　　小野豬講完話，在玫瑰花廊，找了一塊好地方趴下來休息，聞著花香。

　　烏鴉合唱團飛過來，口中嚷著：「大消息，野狼沒事，正在他的窩裡，打著呼嚕呢！」

　　小野豬滿意的點點頭。

　　沒想到，一隻烏鴉反方向飛過來，口中直嚷嚷：「大消息，小野豬瘋了，綁住自己嘴巴，再也不肯說話，再也不去看花。」

　　小野豬盯著那隻烏鴉，搖著頭，說：「哎喲！老天爺，你瞧這隻烏鴉，可不可以，請你給他換個聰明的腦袋？」

　　小野豬話才說完，這隻烏鴉突然一百八十度大迴轉，跟著其他烏鴉一起飛，一起喊：「大消息！玫瑰花廊換新裝，請大家去參觀，大家快去參觀！」

—— 作者簡介 ——
王家珍

一九六二年出生於澎湖馬公，曾經當過編輯與老師，一直是童話作家。和妹妹家珠一個寫、一個畫，創作「珍珠童話」，合作默契佳，獲得不少肯定。

作品充滿高度想像力，文字細膩深刻，情節幽默風趣不落俗套，蘊含真誠善良的中心思想，大人、小孩都適讀。

★《孩子王‧老虎》，王家珠繪製，榮獲開卷年度最佳童書、宋慶齡兒童文學獎。

★《鼠牛虎兔》，王家珠繪製，榮獲聯合報讀書人版年度最佳童書獎與金鼎獎最佳圖畫書獎。

★《龍蛇馬羊》，王家珠繪製，榮獲好書大家讀年度最佳少年兒童讀物獎。

★《虎姑婆》，王家珠繪製，入選波隆那國際兒童書插畫展、香港第一屆中華區插畫獎最佳出版插畫冠軍、金蝶獎繪本類整體美術與裝幀設計金獎。

★《說學逗唱，認識二十四節氣》等作品多次入選好書大家讀最佳少年兒童讀物獎和行政院文建會好書推薦。

—— 繪者簡介 ——
王家珠

一九六四年出生於澎湖馬公，是臺灣童書插畫家代表性人物。從一九九一年開始，王家珠的插畫在國際間大放異采，成為國際級的插畫家。

王家珠的作品以「細膩豐富」見長，手法穩健細膩，構圖布局新穎，取景角度變化無窮，畫面豐富具巧思。作畫態度一絲不苟，作品展現驚人的想像力，洋溢自然的童趣，帶領讀者飛往想像的世界，流連忘返。

★《懶人變猴子》榮獲第一屆亞洲兒童書插畫雙年展首獎。

★《七兄弟》入選義大利波隆那國際兒童書插畫展。

★《巨人和春天》入選捷克布拉迪斯國際插畫雙年展、西班牙加泰隆尼亞國際插畫雙年展、新聞局金鼎獎優良圖書推薦。

★《新天堂樂園》入選義大利波隆那國際兒童書插畫展。

★《星星王子》入選義大利波隆那國際兒童書插畫展、金鼎獎兒童及少年讀物類推薦。